Dr. Enrique B. Avilés

LOS TENTÁCULOS DEL TRIANGULO

Cualquier solicitud deberá ser dirigida a:

All inquiries should be addressed to:

PLUS ULTRA Educational Publishers, Inc.
150 FIFTH AVENUE (SUITE 728)
NEW YORK, NEW YORK 10011
PHONE (212) 243-1953

Imprime Zool en colaboración con Rolf

IMPRESO EN ESPAÑA/PRINTED IN SPAIN

Se dedica esta obra a la memoria de la finada Sra. Doña Hilda del Valle, viuda de Urdaneta, extraordinaria médium, fenecida el 8 de enero de 1960, y que en el año 1948, en Santurce, Puerto Rico —su país natal— le demostró al autor que entidades espirituales que vivieron en nuestro planeta hace miles de años, eran parte de un grupo de espíritus que le servían de guías, y que uno de ellos le encomendaría llevar a cabo una misión especial. Esta misión ha dado por resultado el escribir el presente libro, y resultará también en otros que serán escritos en el futuro por el mismo autor.

CONTENIDO

INSVLÆ
AMERICANÆ
IN OCEANO SEPTENTRIONALI,
cum Terris adiacentibus.

FLORIDA.

Golfo de Mexico

YVCATAN

HONDVRAS.

NICARAGVA.

M A R

D E L Z V R

UNAS PALABRAS DEL AUTOR

En mi adolescencia, cuando era estudiante y había aprendido ya la Historia del Continente Americano, pude comprender a fondo aquella frase de José Martí: "NO HABIA POEMA MAS TRISTE Y HERMOSO QUE EL QUE SE PUEDE SACAR DE LA HISTORIA AMERICANA".

Aquella América de los Indios y de otros pueblos de más edad, con sus formas de Gobierno, sus religiones, sus templos de mármol —con estatuas gigantescas de sus Dioses—, aquellos Mayas, Incas, Chichimecas, Quichuas, Araucanos, Charrúas, Toltecas, Siboneyes, Taínos, Caribes, Aztecas, Seminoles, etc., etc.

Aquellas grandiosas ciudades como Tenochtitlán, Tiahuanaco, Cholula, Palenque, Machu-Picchu, Zayi, Uxmal, Chitchen-Itza, etc., etc., donde sus ruinas nos hacen vivir aquellas razas inteligentes, sus imperios, sus guerreros, sus palacios, sus príncipes; aquellas pinturas de los muros o de las cuevas o de las piedras que parecen contar toda una historia de millones y millones de años antes de que pisara Cristóbal Colón nuestras playas. ¡Qué lástima que todavía no se haya podido descifrar ni la mitad de un milésimo de los secretos de esos pueblos! Sin embargo ahora, comenzada mi senilidad, he descubierto que la Historia completa de nuestro planeta Tierra algún día se conocerá.

En la larga ruta de mi corta vida, el Gran Padre Creador me ha honrado al darme ciertos poderes, que el vulgo catalogaría como de Psíquicos, espirituales, etc., que me permiten, ya en sueños o en un estado de gran concentración, captar mensajes provenientes del Cosmos y de seres que vivieron en la Tierra hace millones de años y que demandan que la Historia, no sólo del planeta Tierra, sino también del Universo, sea conocida algún día. Por medio de esos mensajes y en particular los provenientes de una entidad que vivió en el Continente Americano millones de años antes de la llegada de Colón al mismo, se me ha "escogido" para que tome un granito de arena de ese Gran Desierto (El Registro Ascárico) que representa la Historia del Universo, y lo traiga a nuestro planeta para su conocimiento, estudio y divulgación.

Y como yo, muchos individuos fueron escogidos en el pasado para que tomasen también granitos de arena del Gran Desierto y lo aportaran a los terrícolas para ayudar a la copilación de la Historia del Universo y muy en especial de nuestro planeta Tierra. En la actualidad hay muchos individuos, al igual que yo, que están, o mejor dicho, que estamos recibiendo mensajes extra-terrestres que nos permiten a la vez recoger esos diminutos granos de arena para que se pueda ayudar a que se escriba la verdadera y completa Historia de nuestro planeta Tierra.

Este libro ha sido escrito siguiendo fielmente una pauta sentada por las vibraciones cósmicas antes descriptas, y tal como las recibió el autor, fueron expuestas en este libro.

El autor no ha llevado a cabo investigaciones sobre los hechos que se describen en el libro, ya que cree que esa misión correspondería a científicos capacitados en la materia. La misión del autor es quitar uno de los millones de velos que cubren a los "misterios", lo que hace sea interesante y raro el contenido textual de este corto libro (se le exigió al autor que lo escribiese lo más corto posible).

Se aprovecha la oportunidad para dar expresivas gracias a los autores que permitieron se mencionaran ciertas frases de sus obras, y muy en especial a los siguientes:

A la Srta. LYNN SCHROEDER por permitir mencionar, de su obra "PSYCHIC DISCOVERIES BEHIND THE IRON CURTAIN" (Bantam Book, publicado por Prentice-Hall Inc., Englewood Cliffs, New Jersey, USA, año 1973), lo concerniente al factor "TIEMPO", y los trabajos sobre el mismo realizados por el Dr. KOZYREV, así como también los trabajos llevados a cabo por los Dres. BURR y RAVITZ, relacionados con la Psycoquinesis, etc., etc.

Al Sr. RODOLFO BENAVIDES por autorizar se mencionase, de su gran libro "DRAMATICAS PROFECIAS DE LA GRAN PIRAMIDE" (Editores Mexicanos Unidos, S. A., calle González Obregón Nº 5-B, México, 1, D. F., México, Edición Nº 44, año 1974), ciertos trozos concernientes al gran terremoto del año 1775, a Ultima Thule, Shamballah y Agarty; a Hoggar (en el desierto de Sáhara), y a los grandes bloques de Baalbeck, etc., etc.

Al empleado anónimo del periódico "THE SAN JUAN STAR" (que se publica en idioma inglés en San Juan, Puerto Rico) que tuvo la gentileza de enviarle al autor —por correo— copias fotostáticas de ciertos artículos que aparecieron publicados en el antes mencionado rotativo años atrás.

12

Los créditos fotográficos corresponden al Estudio Fotográfico "MAYDOR", de la Avenida Roberto Clemente, Villa Carolina, Carolina, Puerto Rico.

EL AUTOR.

INTRODUCCION

En su libro LOS TENTACULOS DEL TRIANGULO el Dr. Enrique B. Avilés nos enfrenta con el misterio de las desapariciones de personas y vehículos navales y aéreos sin dejar rastros. Han ocurrido con cierta frecuencia en los últimos tiempos en el famoso Triángulo de Bermuda y además en varias zonas que el autor relaciona con el mismo llamándoles sus tentáculos. ¿Qué energía desconocida origina estos accidentes?

En lógica disertación el autor nos lleva a muy distantes puntos de la Tierra donde fenómenos inexplicables por la ciencia tienen hoy y han tenido lugar desde épocas legendariamente remotas. Son fenómenos que él correlaciona con la desaparición del continente llamado Atlántida por escritores clásicos de la antigüedad y de cuya existencia el Dr. Avilés no duda, sostenido en su creencia por recientes declaraciones de arqueólogos que han. explorado, cerca de la costa sur de España, el fondo del Océano Atlántico encontrando pruebas inequívocas de una antiquísima civilización sumergida.

Las colosales fuerzas ignotas capaces de destruir un

continente pueden ser las mismas que actúan hoy en el famoso Triángulo con sus extendidos tentáculos. Estas fuerzas no serían desconocidas por unos seres gigantescos venidos a la Tierra en tiempos inmemorables, quienes dejaron algunas huellas de su existencia en nuestro globo que son de otro modo inexplicables para los hombres de hoy. Aquellos seres poseían una civilización muy superior a la nuestra en la actualidad y es posible que supieran manejar las hoy ignotas energías de nuestro planeta. Aquellos seres cree que están relacionados con las tripulaciones de los OVNIS que ahora nos visitan en viajes de vigilancia.

Otra de las deducciones del Dr. Avilés es que en algunos inaccesibles puntos de la Tierra han quedado unos pocos descendientes remotos de los colonos de otrora, los cuales han sido vistos por los hombres en el Tibet (cordillera Himalaya) y en El Yunque, alta montaña próxima a San Juan de Puerto Rico.

El autor afirma que muy pronto la ciencia podrá esclarecer estos misterios y explicar para el hombre moderno las causas de hechos incomprensibles, lo que hace de este libro un avance de próximos descubrimientos científicos de transcendental interés.

Capítulo 1
"LAS FRONTERAS DEL TRIANGULO"

Abundan muchos libros sobre el ya muy conocido tema "El Triángulo de Bermuda". Pero es muy notable —si se sabe geografía— lo fácil que es captar los lamentables errores —yo les llamo errores de ubicación— que aparecen en algunas de esas publicaciones en relación al Triángulo.

A continuación vamos a destacar algunos de esos errores de ubicación, pero de antemano, se hace imperante, para beneficio propio, que los lectores se consignan un mapa donde —entre otros países— aparezcan la costa este de Norte América, las Islas Bermudas y las Antillas Mayores. Tomen ahora un lápiz y una regla y dibujen en ese mapa lo siguiente: una línea que vaya desde las Bermudas hasta la parte más nordeste de la isla de Puerto Rico, otra de las Bermudas hasta la costa Este del estado de la Florida en los Estados Unidos de América y por último, trazar una línea desde la costa este de la Florida que pase por la costa norte de la isla de Cuba, la costa norte de la Española (Haití y Santo Domingo) y la costa norte de la isla de Puerto Rico, hasta que intercepten la primera línea que fue trazada. El resultado, como bien podrán ver, es un triángulo situado en el Océano Atlántico y precisamente en el área del Atlántico del Norte conocida como "El Triángulo de Bermuda". (Véase la figura núm. 1).

Todos los autores que han escrito sobre el Triángulo de Bermuda aceptan —más o menos— que la ubicación del mismo está precisamente en el área del triángulo que ustedes acaban de dibujar.

Cuando algunos autores comienzan a describir casos particulares de desaparición o de apariciones de buques, sin dejar rastro de sus tripulaciones, y los quieren dejar sentados como acaecidos en el Triángulo de Bermuda, caen en el error de describir los hechos en una zona completamente ajena al Triángulo de Bermuda.

Ahora bien, antes de entrar de lleno en la demostración de algunos de esos errores, estoy obligado a describir —superficialmente— un área que es muy conocida y me refiero a un cálido, maravilloso, acariciante e histórico mar, el Mar Caribe.

El Mar Caribe es una de las porciones mayores del gran Océano Atlántico (Atlántico Norte). Se comunica con otra muy conocida extensión de agua, el Golfo de México, a través del Estrecho o Canal de Yucatán (entre México y Cuba). Los Golfos de Honduras, Darien, Guacanayabo y el de Venezuela, forman parte de este grandioso mar, que tiene un área aproximada de 1.049,500 millas cuadradas. Mide de este a oeste aproximadamente unas 1,800 millas de largo. Su ancho mayor (de norte a sur) es de aproximadamente unas 900 millas. Se comunica con el Océano Atlántico propiamente por los siguientes sitios: Paso de los Vientos (entre Cuba y Haití), el Pasaje o Paso de la Mona (entre Santo Domingo y Puerto Rico),

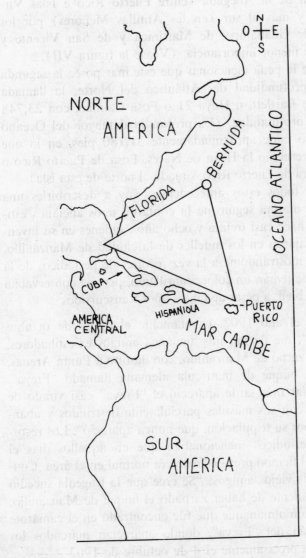

El triangulo de Bermuda

el Canal de la Anegada (entre Puerto Rico e Islas Vírgenes) y más al sur (en las Antillas Menores) por los Pasos de Guadalupe, de Martinica y de San Vicente y otros de menor importancia. (Véase la figura VII).

Vale la pena mencionar que este mar posee la segunda mayor profundidad del Atlántico del Norte, la llamada Hoya de Bartlett, u Hoya 21 o Fosa Caimán, con 23,748 pies de profundidad. (La profundidad mayor del Océano Atlántico mide aproximadamente 31,180 pies, en lo que se conoce como la Hoya de Nares, Fosa de Puerto Rico o Trinchera de Puerto Rico, situada al norte de esta isla).

Con todos estos antecedentes, voy a describirles una tragedia marina según me la contaron unos ancianos estibadores hace casi treinta y ocho años, quienes en su juventud trabajaron en los muelles de la ciudad de Manzanillo, Cuba, y mostrándome a la vez recortes de periódicos de la época que tenían un color amarillento, pero se conservaban bastante bien, a pesar de tantos años transcurridos.

"Era el año 1902, exactamente el día 3 de octubre de 1902", me decían mis ancianos amigos ex-estibadores, "cuando zarpó de Manzanillo, con destino a Punta Arenas, Chile, el buque de matrícula alemana llamado "Freya". Veinte días más tarde apareció el "Freya" casi virado de un lado, con sus mástiles parcialmente destruidos y abandonado por su tripulación, que nunca apareció". Los recortes de periódicos mencionaban que en aquellos días el estado del tiempo prevaleciente era normal en el área. Continúan mis viejos amigos: "Se cree que la tragedia sucedió al día siguiente de haber zarpado el buque de Manzanillo, debido a un almanaque que fue encontrado en el camarote del capitán del "Freya", donde aparecían marcados los días hasta precisamente el 4 de octubre de 1902".

Octubre es, y vale la pena mencionarlo, uno de los

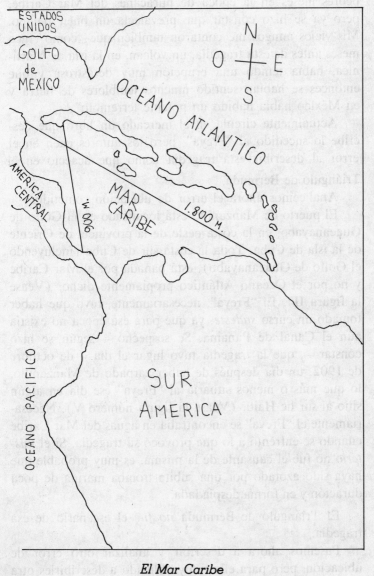

El Mar Caribe

peores meses en la época de huracanes del Mar Caribe, pero ya se hizo constar que prevalecía un buen tiempo. Mis viejos amigos me contaron también que "como cinco meses antes de esta tragedia, un volcán, en la isla de Martinica, había tenido una erupción muy desastrosa y que entonces se habían sentido muchos temblores de tierra y en México había habido un potente terremoto".

Actualmente circula en el mercado un libro que describe lo sucedido al "Freya", pero los autores caen en el error al describir esta tragedia como que acaeció en el Triángulo de Bermuda.

Analicemos ahora el error de ubicación cometido.

El puerto de Manzanillo está localizado en el Golfo de Guacanayabo, en la costa oeste de la provincia de Oriente de la isla de Cuba. Toda la costa sur de Cuba (incluyendo el Golfo de Guacanayabo), está bañada por el Mar Caribe y no por el Océano Atlántico propiamente dicho. (Véase la figura II). El "Freya", necesariamente, tuvo que haber tomado un curso *sudeste*, ya que para esa época no existía aún el Canal de Panamá. Se sospechó —según se hizo constar—, que la tragedia tuvo lugar el día 4 de octubre de 1902, un día después de haber zarpado de Manzanillo, lo que más o menos situaría al "Freya" ese día en algún sitio al sur de Haití. (Véase la figura número V). Necesariamente el "Freya" se encontraba en aguas del Mar Caribe cuando se enfrentó a lo que provocó su tragedia. Si el *misterio* no fue el causante de la misma, es muy probable que haya sido azotado por una súbita tromba marina de poca duración y en forma despiadada.

El Triángulo de Bermuda *no fue* el escenario de esa tragedia.

Pasemos ahora a describir y analizar otro error de ubicación, pero para ello estoy obligado a describirles otra

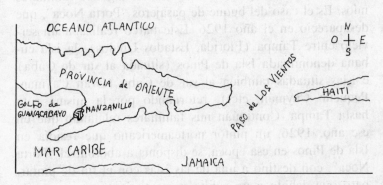

Mapa de la Provincia de Oriente, Cuba.

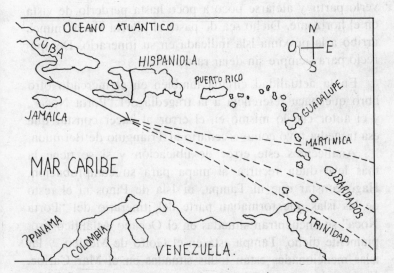

La linea que se observa muestra la posible ruta del buque "Freya", desde Manzanillo, Cuba, hacia Chile, Sur América. X—Es el sitio probable en que se encontraba el "Freya" el día 4 de Octubre de 1902.

historia marina, según me la contaron algunos familiares míos. Es el caso del buque de pasajeros "Porta Noca", que desapareció en el año 1926. Este barco realizaba un servicio entre Tampa (Florida, Estados Unidos), la isla cubana denominada Isla de Pinos (situada al sur de Cuba) e islas situadas también al sur de Cuba (Gran Caymán, Pequeño Caymán, etc.), retornando por la misma ruta hasta Tampa. Continúan mis familiares relatando que en ese año, 1926, un pintor norteamericano que residía en Isla de Pinos en esa época, se disponía a abordar el "Porta Noca", con destino a una de las islas con el fin de pintar, pero que debido a un súbito presentimiento, producto de una visión extraña que tuvo del buque en el muelle, desistió de abordarlo, quedándose en tierra y conformándose con verlo partir y alejarse poco a poco hasta perderlo de vista en el horizonte. Dicho sea de paso, el "Porta Noca" nunca arribó a la próxima isla indicada en su itinerario. Desapareció para siempre sin dejar rastro.

En la actualidad circula también en el mercado otro libro que hace referencia a la tragedia del "Porta Noca", y el autor cae lo mismo en el error al hacer constar que esa tragedia tuvo como escenario al Triángulo de Bermuda.

Analicemos este error de ubicación y si se tiene la más leve duda recurra al mapa para su comprobación. Hago constar que ni Tampa, ni Isla de Pinos ni el resto de las islas que formaban parte del itinerario del "Porta Noca" se encuentran situadas en el Océano Atlántico propiamente dicho. Tampa está en el Golfo de México, y las islas mencionadas están todas situadas en el Mar Caribe. Es un axioma que el buque desapareció en aguas del Mar Caribe y bastante lejos de la zona del Triángulo de Bermuda. (Véase la figura número III).

Si la desaparición y la aparición, respectivamente, del

23

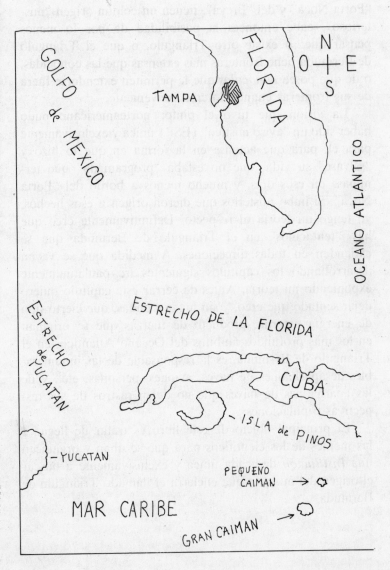

Mapa de la Parte Occidental de Cuba y parte del Mar Caribe.

"Porta Noca" y del "Freya", tienen un común origen "misterioso", cabe entonces la posibilidad de por lo menos pensar que: o existe otro Triángulo, o que el Triángulo de Bermuda tiene fronteras más extensas que las conocidas, o de que posee *tentáculos* que le permiten extenderse fuera de sus fronteras cuando lo cree conveniente.

La visión que tuvo el pintor norteamericano pudo haber sido un "aviso místico" (ESP) única y exclusivamente para él, para que actuase en la forma en que lo hizo y "salvase" su vida, que no estaba "programada" que terminase en esos días, y mucho menos a bordo del "Porta Noca". Si hubo misterios que dieron origen a esos hechos, yo tengo mi teoría al respecto. Definitivamente creo que hay "tentáculos" en el Triángulo de Bermuda que se extienden en todas direcciones. A medida que se vayan desarrollando los capítulos siguientes iré paulatinamente exponiendo mi teoría. Antes de cerrar este capítulo quiero dejar sentado que creo, y sin lugar a dudas, que cierto tipo de energía externa, producto de fuerzas que se originan en los más profundos ámbitos del Océano Atlántico, en el Triángulo de Bermuda, es la responsable de las innumerables desapariciones de naves, aviones, personas, etc., y de las apariciones de naves que no dejan rastros de sus respectivas tripulaciones.

El principal objeto de este libro es tratar de llegar a las mentes de los científicos para que se unan y organicen una *Institución* dedicada única y exclusivamente a buscar el origen del misterio que encierra el llamado Triángulo de Bermuda.

Capítulo 2

"EL MISTERIO"

"Algo incomprensible o inexplicable". Es la definición, entre otras cosas, de la palabra *misterio* tal y como aparece en el diccionario. El *misterio* existe y persiste en el Triángulo de Bermuda, a pesar de que se niegue su existencia. Negación nacida de y presionada por científicos "convencionalistas", de políticos inescrupulosos y de ciertas entidades religiosas. Entre todos hicieron un bloqueo eficaz hasta hace poco, pero han perdido ya sus fuerzas debido a los grandes logros científicos, "psíquicos" y filosóficos de los últimos años, los que ya les impiden mantener firme la negación.

La búsqueda de la Atlántida, en la actualidad, ha sido hasta casi físicamente impedida, lo que justifica que hay entidades a las que no les conviene que se descifren los misterios.

Por lo tanto, la tarea de encontrar el origen del misterio del Triángulo de Bermuda será doble. Pero cuando se llegue al final, será fructífera.

En ciertas escrituras del lejano oriente se menciona la existencia de *Ultima Thule*, el centro mágico de una civilización desaparecida. También se menciona la existencia bajo tierra de un campamento en los Montes Himalayos, donde se producían fuerzas de violencia y de poder que controlaban a la Humanidad; a este campamento le llaman *Shamballah*.

Otro sitio, alojado también bajo tierra en los Himalayas y mencionado por estas escrituras orientales, es el campamento de *Agarthi*, donde solamente se practicaba el bien y la meditación.

En el año 1775 se registró en nuestro planeta Tierra un terremoto de tal magnitud, que abarcó un área de alrededor de once (11) millones de kilómetros. En Lisboa, Portugal, se dijo que de las montañas Cintra, Rabida, Estrella, Julio y Marao, salieron llamas que se supone todavía fueron de origen *eléctrico*, mientras eran impetuosamente sacudidas por aquel terremoto de 1775.

Según la agencia periodística AP, el 3 de septiembre de 1966, en Grecia, el profesor y sismólogo Angelos Galanopoulus declaró en Atenas que la Atlántida se hundió a causa de una tremenda erupción volcánica, y que causó ondas 350 veces más poderosas que las que produciría una bomba H.

Se cree que parte de la Atlántica ocupaba porciones de la zona donde está enclavado el Triángulo de Bermuda. ¿Qué provocó, entonces, que tuviese lugar una erupción volcánica (?) de tal magnitud que obligara al suelo oceánico a "tragarse" la Atlántida?

No se puede negar la existencia de fuerzas descomunales para que tenga efecto un desastre de tal magnitud: ¡Hundir todo un Continente! ¡Ondas 350 veces más poderosas que las de una bomba H! ¿De dónde provenían esas misteriosas y poderosísimas fuerzas? ¿Del fondo del mar? ¿De las entrañas de la Tierra? ¿Qué mecanismo las originaba?

Las innumerables desapariciones de buques, yates, aviones y personas que han tenido por escenario al Triángulo de Bermuda, son testigos mudos de la existencia de un misterio en esa zona.

Denotan misterio las últimas palabras emitidas por ciertos pilotos de los cinco aviones —bombarderos torpederos—, que el fatídico día 5 de diciembre de 1945 partieron de la estación aéreo-naval de Fort Lauderdale, en el estado de la Florida, USA, en el histórico y trágico vuelo conocido como el *Vuelo 19*.

"   Llamando a la torre de control   es una emergencia   no podemos ver tierra   repetimos   ¡No podemos ver tierra!"

Otra frase: "   Soy el teniente Charles Taylor   No sé mi posición   no sé dónde están los puntos cardinales   el color del mar es distinto al usual   ¡No sabemos dónde estamos   !"

Ultima frase emitida por el piloto, capitán George Stivers: "... ¡Parece que estamos entrando en aguas blancas   !"

Después, hasta hoy, todo ha sido silencio. Los cinco aviones desaparecieron para siempre a través de la cortina del misterio del Triángulo de Bermuda.

Ese mismo día, 5 de diciembre de 1945, fue enviado a investigar las desapariciones de los aviones que componían el vuelo 19, un gigantesco avión con una tripulación de doce (12) hombres. Este formidable avión jamás regresó a su base. También traspasó la cortina del misterio del Triángulo de Bermuda.

Como creo que han podido notar los lectores, esta vez uno de los tentáculos del Triángulo *actuó* a varios cientos de metros de altura, sobre el nivel de las aguas comprendidas en la zona del Triángulo.

¿Qué fuerzas hicieron que la brújula no funcionase debidamente? ¿Por qué no se podía "ver" tierra? ¿Por qué el mar se tornó completamente blanco? Hoy en día nadie puede contestar estas preguntas. Vuelvo a repetir que super-poderosísimas fuerzas de origen desconocido, ya situadas en las profundidades del océano, ya en las entrañas de la Tierra, producen un muy peculiar tipo de energía externa que es completamente desconocido por la élite de nuestro "mundo científico" de hoy.

La agencia periodística UPI, el miércoles 12 de febrero de 1975, informó desde Wallops Island, Virginia, USA, que el físico, Sr. Wayne Meshejian, profesor del colegio Longwood College, en la pequeña comunidad de Farmville, Virginia, USA, declaró que él cree positivamente que cierto tipo de energía externa, proveniente de fuerzas situadas bajo las aguas, en el Triángulo de Bermuda, podrían estar obstaculizando ("blocking") las señales emitidas por los satélites de la National Oceanographic and Atmosphere Administration (NOAA), cada vez que éstos surcan la zona del Triángulo. Estos satélites tienen por misión ayudar en las predicciones del tiempo (weather) y están situados en órbitas polares.

El físico Meshejian informó que en los últimos dos años él ha podido observar que los equipos de telemetría y los de sincronización electrónicas de esos satélites, son interferidos. "Las interferencias ("blockings") comienzan", continúa diciendo el físico Meshejian, "justamente al *sur de New York* y terminan cerca de la isla de Cuba. En el resto del curso no hay interferencias".

Los directores técnicos del National Environmental Satellites Service, en Suitland, Maryland, USA, niegan que estas interferencias sean producto del Triángulo de Bermuda, pero a la vez no pueden mencionar causas especí-

ficas que pudiesen dar origen a dichas *parciales y crono-
lógicas interferencias.* (?)

Nótese que el Sr. Meshejian, sin saberlo, ha corrobo-
rado mi teoría de que existen tentáculos en el Triángulo y
que se extienden fuera de sus fronteras, al afirmar que las
interferencias comienzan justamente al pasar los satélites
por el *sur de New York.* El lector puede fácilmente com-
probar que se ha descripto una acción misteriosa que
comienza al sur de Nueva York, que es un área más al
norte y también más al oeste partiendo desde las islas Bermudas. Definitivamente, es un tentáculo del Triángulo que
se extiende hasta la región descripta. Como se sabe, el
Triángulo de Bermuda propiamente dicho, se extiende desde
Bermuda hacia el *suroeste* (Florida) y hacia el *sureste*
(Puerto Rico).

En el capítulo anterior se describió lo sucedido al buque
"Freya" e hice constar que si el misterio no fue el causante
de la tragedia, era muy probable que hubiese sido azotado
por una súbita y breve tromba marina. Ahora bien, si el
misterio estuvo envuelto en esta tragedia, no pensemos
todavía en tentáculos, pero sí en asociar esta tragedia con
otra que a continuación describiré.

En ese mismo año 1902, y exactamente el día 8 de
mayo, apenas cinco meses antes de que apareciera el
"Freya" casi destruido y sin tripulantes —que nunca aparecieron—, una catáctrofe tuvo lugar, y fue de tal magnitud, que conmovió a toda la humanidad.

Esta terrible catástrofe ocurrió en una isla de las Antillas Menores, en el Mar Caribe, la isla de Martinica, una
posesión francesa. (Véase la figura número V).

Mencionemos ahora algo y superficialmente acerca de
esta hermosa isla. La actual capital de Martinica es la
ciudad-puerto llamada Fort-de-France, que mira hacia el

Caribe. Anteriormente tuvo otra capital, que también miraba hacia el Mar Caribe, que se llamó Saint Pierre.

Saint Pierre, en su época, fue llamado el "París de las Indias Occidentales". Saint Pierre fue la capital de Martinica hasta exactamente el día 8 de mayo de 1902. Tenía entonces una población de alrededor de 40,000 habitantes, y estaba situada bastante cerca del volcán Mt. Pelee.

La erupción del Mt. Pelee, que tuvo lugar el día 8 de mayo de 1902, destruyó la ciudad completa de Saint Pierre en sólo doce minutos, matando a casi cuarenta mil personas. Todo esto sucedió, repito, en solo ¡doce minutos!

El volcán se creía extinto, y de haberse tomado ciertas medidas preventivas, quizás no hubiera habido tantos miles de víctimas, ya que el volcán dio señales de vida en enero de 1902. El 25 de abril de 1902 arrojó cenizas. En mayo 2 y 3 de 1902, hubo erupciones mayores que destruyeron plantaciones de azúcar y segaron 150 vidas al norte de Saint Pierre. Entonces el Gobernador de la isla aseguró a la ciudadanía que ya lo peor había pasado, que no había más causas para continuar en pánico, que tuviesen fe. Días después, el 8 de mayo, un lado completo de la montaña explotó de súbito lanzando lava, piedras al rojo vivo y cenizas sobre la ciudad de St. Pierre, sembrando la destrucción y causando casi cuarenta mil muertes en sólo unos minutos. Observadores desde una lancha frente al puerto, calcularon que todo lo que lanzó el volcán sobre la ciudad lo hizo a la velocidad de un huracán, o sea, a más de setenta y cinco millas por hora. La causa de la erupción que destruyó al "París de las Indias Occidentales" —según los geólogos—, fue atribuida a un hundimiento del piso oceánico. Muchos días antes de la erupción del volcán, un barco informó de un aumento de 1,000 pies en la profundidad en un punto cercano a la isla. La creencia o teoría de los señores geólogos, es que al hundirse el piso oceánico, el agua, al cubrir el hueco dejado por el hundimiento, se infiltró en el volcán y al vaporizarse, la enorme presión que se produjo, provocó la explosión de una de sus laderas. Es de notar que la causa atribuida al desastre es sólo una *teoría* de los geólogos. Y si cabe esa teoría, pueden también caber otras más. Lo que sí no se puede negar es un factor: *el factor Fuerza*. Ahora bien, ¿qué fue lo que provocó que el suelo del océano se hundiera mil pies? Tiene que haber obedecido, indudable y necesariamente, a inmensas, poderosas y misteriosas fuerzas provenientes desde el océano en sí, o del corazón de nuestro planeta, o de algún mecanismo desconocido y hasta quizás "invisible", debido a que nuestros sentidos son tridimensionales. ¿Existe acaso alguna probable relación, por muy remota que pudiese ser, entre las fuerzas que actuaron en el hundimiento del suelo oceánico cerca de Martinica, más las fuerzas que obligaron a que explotase la ladera del Mt. Pelee *con* las fuerzas que hayan podido haber hundido la Atlántida y que provocaron la producción de ondas 350 veces más poderosas que las que produciría una bomba H? ¿Están acaso estas fuerzas —en cierto modo—, envueltas también en las causas que provocaron las tragedias del "Freya" y del "Porta Noca"? ¿Tiene el Mar Caribe sus "propios misterios", o son misterios provenientes del Triángulo de Bermuda a través de "tentáculos"? Tengo la absoluta confianza de que estas preguntas tendrán sus firmes respuestas antes de que termine el siglo XX.

Yo mantengo que los misterios del Mar Caribe se originan en el Triángulo y a través de "tentáculos".

Mantengo también que las mismas fuerzas que a grandes alturas interfieren las señales de los satélites de la NOAA al pasar desde el sur de Nueva York hasta cerca de la isla de Cuba, son las que originan el relámpago del Catatumbo en Venezuela.

Permítaseme una disgresión breve para describirles lo que es el relámpago del Catatumbo.

El Catatumbo es un relámpago que se observa en el cielo todas las noches a intervalos de aproximadamente medio minuto, y que nunca fallan. Este relámpago se forma al sur-suroeste del Lago de Maracaibo, en Venezuela. (El Lago de Maracaibo se comunica con el Mar Caribe a través del Golfo de Venezuela). Científicos y expertos meteorólogos han hecho estudios detenidos de estos relámpagos y hasta ahora el origen no se ha podido determinar concretamente. El Catatumbo presenta una muy notable peculiaridad, y es que no emite ruidos de truenos, salvo el caso de estarse formando algún cúmulo-nimbus en el área. Sus luces son brillantísimas y semejan las de un gran faro, visible desde más de trescientos kilómetros de distancia.

Volvamos ahora a nuestro tema. La distancia desde el corazón del Triángulo hasta el relámpago del Catatumbo es bastante considerable. También hay —relativamente—, bastante distancia desde el corazón del Triángulo hasta la zona al sur de Nueva York donde comienzan los satélites NOAA a sufrir las interferencias.

Si no existe otro Triángulo en el Atlántico Norte o en el Mar Caribe, necesariamente cabe mi teoría de los "tentáculos del Triángulo". Estoy absolutamente convencido de que los fondos de los mares guardan muchas claves que darán solución a muchos de los misterios envueltos. Los futuros hallazgos arqueológicos submarinos lo demostrarán en un día no muy lejano. Vale la pena ahora mencionar el gran trabajo que ejecuta un artefacto muy poco conocido por el vulgo, y que se usa en la actualidad en las exploraciones marinas, me refiero al "Glomar Challenger", que cava las duras capas del suelo y subsuelo oceánico a grandes profundidades trayendo a la superficie muestras de lo cavado.

Sin embargo, como mencioné al principio de este capítulo, repito, que habrán de vencerse muchas dificultades debidas a las entidades que se oponen a que los restos de la Atlántida sean encontrados y que para tal fin han utilizado tácticas denigrantes. Estas entidades serán vencidas por lo que nos estarán revelando, y cada día más y más, los futuros hallazgos arqueológicos. Hoy en día, y gracias a hallazgos arqueológicos y a gentes que se salen de lo convencional, no se puede negar que existe analogía entre las destrucciones de Sodoma y Gomorra y las de Hiroshima y Nagasaki, no se puede negar que en la actualidad se están dando otras interpretaciones a muchos pasajes bíblicos y muy en especial a los del Génesis.

Los hallazgos arqueológicos últimos revelan la existencia de vehículos inter-espaciales y de seres extra-terrestres viviendo en la Tierra desde épocas inmemorables, de "dioses", cosmonautas, etc., etc.

El momento revelador ya está en camino hacia nosotros. Esperemos con fe. ¡Esperemos! ¡Esperemos!

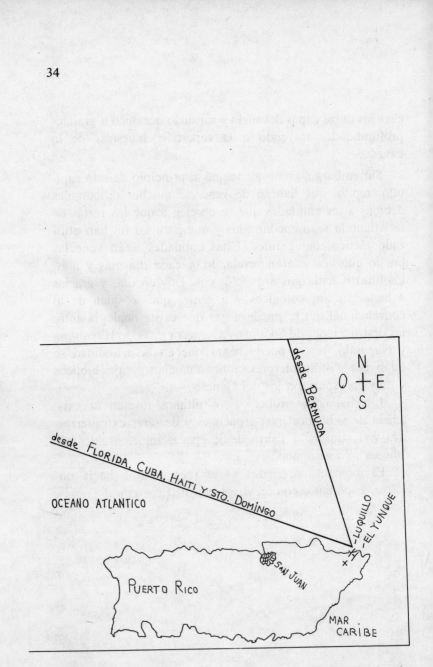

Mapa de Puerto Rico y su Angulo en el Triángulo de Bermuda.

Capítulo 3

"EL TENTACULO DE PUERTO RICO
Y
LOS CANGUDRILOS"

En el nordeste de la isla de Puerto Rico se encuentra uno de los ángulos que forman el Triángulo de Bermuda, exactamente donde se interceptan las líneas (véanse las figuras números I y IV), que se originan respectivamente desde Bermuda a Puerto Rico y desde la costa este de la Florida (pasando por las costas norte de Cuba, Haití y la República Dominicana), hasta Puerto Rico.

Desde el Triángulo de Bermuda y, precisamente en, y en los alrededores del ángulo descripto, se extiende hacia la costa puertorriqueña del área y hacia la popular montaña que nace en las inmediaciones de la misma, uno de sus "tentáculos" —que yo denomino "El Tentáculo de Puerto Rico"—, que es muy notorio por el misterio que encierra. Pero antes de entrar de lleno en el tema debo describir algo de historia y de geografía relacionadas con la isla de Puerto Rico.

Puerto Rico, de las Antillas Mayores, es la más pequeña y la que más hacia el este está: La forma de esta isla es,

podríamos decir, rectangular (véase la figura número IV),
y mide aproximadamente cien millas de largo (de este a
oeste), por treinta y cinco millas de ancho (de sur a norte).
Su superficie es de tres mil cuatrocientos treinta y cinco
millas cuadradas.

En el oeste y el este de la isla el mar es poco profundo
(como máximo aproximadamente mil metros de profundidad), pero al norte y al sur las profundidades alcanzan
hasta ocho mil quinientos veinticinco metros en la Trinchera
o Fosa de Puerto Rico, y cinco mil metros en la Fosa de
Tanner.

En lo que a orografía se refiere, mencionaré que la
Cordillera Central se extiende por todo el interior de la
isla y sus estribaciones se prolongan hacia el nordeste
—Sierra de Luquillo—, precisamente donde se origina el
ángulo puertorriqueño del Triángulo de Bermuda.

En esta Sierra de Luquillo está la montaña (la popular
montaña a que antes me he referido), conocida como El
Yunque, cuyas laderas comienzan a escarparse a unos trescientos metros de la parte de la costa donde se forma el
ángulo puertorriqueño del Triángulo, y tiene una altura
de aproximadamente mil sesenta y cinco metros.

El Tentáculo de Puerto Rico se extiende, diríamos, alrededor del Yunque, como por ejemplo, a los pueblos o ciudades de Naguabo, Fajardo, Maunabo, etc.

La isla de Puerto Rico cuenta actualmente con una
población de alrededor de dos millones setecientos mil habitantes. La isla fue descubierta por Cristóbal Colón en su
segundo viaje al Nuevo Mundo el día 19 de noviembre
de 1493.

Hoy, el Estado Libre Asociado de Puerto Rico (E.L.A.
de P.R.), está en unión permanente con los Estados Unidos.

La gráfica recoje parte del Litoral del sector Medianía Baja, Loíza Aldea, Puerto Rico, que se encuentra enclavado en el Angulo puertorriqueño correspondiente al Triángulo de Bermuda.

y todas las personas nacidas en esta isla son ciudadanos de los Estados Unidos de América.

Puerto Rico fue colonia de España hasta el año 1898, en que fue cedida (en la guerra Hispano-Americana), por España a los Estados Unidos de América.

Se cree que los primeros (?) pobladores de Puerto Rico fueron los indios Guanacahibes, que vivían en cavernas. Posteriormente llegaron los indios Taínos, que se cree provienen de Guyana o de Venezuela (los Araucos (?)).

Los Taínos tenían la piel cobriza, ojos asiático (oblicuos), pómulos y mandíbulas prominentes, cabellos lacios y negros, la frente algo inclinada hacia atrás y eran de estatura bastante mediana.

Vivían en poblados que llamaban Yucayeques. Los indios Taínos adoraban a un Dios del Bien, que llamaban Yukiyu. Este Dios, según ellos, habitaba en la montaña también llamada Yukiyu (El Yunque). Creían en una vida después de la muerte, y por ese motivo ponían agua, alimentos y objetos personales en las tumbas de sus seres queridos; quizá tenían la plena convicción de que en esa forma eran ayudados a "pasar a la otra vida".

Los conquistadores españoles, con el tiempo, le cambiaron el nombre a la montaña Yukiyu por el del Yunque, por el parecido de ésta con el yunque que usan los herreros. A la cordillera donde se encuentra El Yunque y a un pueblito que fundaron los españoles en las cercanías, le llamaron Luquillo, posiblemente derivado del nombre indio Yukiyu (otras fuentes alegan se deriva de Yuquibo).

Termino así esta sinopsis condensada de la geografía e historia de Borinquen, el nombre indio que le daban los indios a Puerto Rico.

Desde ahora en adelante nuestro tema girará alrededor

de la Sierra de Luquillo, El Yunque, costa y pueblos cercanos.

En la actualidad es sabido que Puerto Rico es uno de los mejores centros turísticos de la región del Caribe. Es visitado anualmente por miles y miles de turistas de casi todas las partes del mundo, primordialmente de los Estados Unidos de América. Entre las múltiples atracciones turísticas, se encuentran las excursiones a la famosa playa de Luquillo y al "Yunque Rain Forest" (El Yunque).

El Yunque es una montaña exageradamente hermosa. La flora es exhuberante y variadísima, desde orquídeas salvajes, helechos —noventa y dos distintas especies—, hasta frondosos árboles tropicales forman muy tupidos bosques. El ruido de las aves en la región es a veces ensordecedor (cotorras, etc., etc.). Abundan también en El Yunque innumerables saltos de agua cristalina y profundísimos barrancos peligrosos.

El Yunque Rain Forest está bajo la jurisdicción de la agencia federal National Park Service, de los Estados Unidos de América.

Sin embargo, no obstante todas las distintas y amenas diversiones que ofrece al turista El Yunque, así como al nativo que gusta de solazarse en el ambiente campestre de los bosques, de orquídeas salvajes, yendo de pasadías o de simplemente dedicándose a divisar panoramas bellos. El Yunque, por otro lado, es como si fuese un Gran Castillo encantado, con fosos llenos de cofres que guardasen secretos de civilizaciones prehistóricas, custodiados por una guardia compuesta de duendes, monstruos, genios, brujos, que de cuando en cuando se dejan ver por el ser humano, creando pavor y temor.

Se asegura, ya que hay constancias de muchos testigos oculares al respecto, de que en El Yunque y áreas adyacentes aparecen criaturas gigantes, verdaderos monstruos, que salen de sus desconocidas madrigueras durante las noches a vagar por el área. Los testigos dicen que estas descomunales criaturas parecen sufrir de fotofobia, pues si por alguna casualidad son alumbradas por la más ínfima cantidad de luz, emprenden la retirada a veloces saltos y se internan en la espesura del bosque buscando protección en la obscuridad. Jamás han sido vistos estos gigantes durante las horas diurnas.

En la Biblia, en el Génesis, capítulo seis, versículo cuatro, se lee lo siguiente: "En aquellos días había gigantes en la Tierra y también después, cuando los hijos de Dios (?) se llegaron a las hijas de los hombres (?) y ellas le dieron hijos."

Es decir, que los gigantes se conocen desde eras inmemorables.

En el desierto de Sáhara (Africa), en Hoggar, una meseta, se han encontrado construcciones de tamaños completamente fuera de lo acostumbrado, muy grandes. También en el Sáhara están las ruinas de Jabbaren, conocida como "La Ciudad de los Gigantes", donde se han encontrado figuras de más de tres metros de altura, representando hombres con yelmos muy parecidos a los que usan nuestros astronautas de hoy en día. En las islas Pascuas, en el Pacífico, hay unas estatuas de tamaños descomunales que no se sabe todavía cómo llegaron hasta allí. Las leyendas de esta isla (Rapanuis) hablan de una raza de Grandes señores que vinieron del cielo (?).

En Tihuanaco, Perú, hay monumentos y construcciones super-gigantescas que denotan, sin lugar a dudas, relación con seres Gigantes y de alto nivel de civilización. Dado el caso —difícil de probar—, de que no fueron seres gigantes, es obvio que poseían entonces las herramientas

Cartel del Departamento de Agricultura de los Estados Unidos de América que se encuentra a la entrada de "El Verde", sección del Yunque (Sierra de Luquillo, Puerto Rico).

Moderna Carretera que conduce hacia El Yunque, desde la zona metropolitana de San Juan, Puerto Rico.

para trabajar y transportar objetos pesados de gran tamaño.

En Perú también, en las llanuras de Nazca, se descubrieron unas líneas geométricas inmensas que semejan un campo de aterrizaje inmenso también. La presencia de estas líneas sólo se puede notar desde el aire y a bastante altura. ¿Serían aeropuertos para naves guiadas por criaturas gigantes?

Los grandes bloques en Baalbeck, algunos de más de sesenta pies de largo y con un peso de alrededor de dos mil toneladas, denotan la posible relación con seres gigantes. ¿Y qué me dicen de la gigantesca figura que se ve desde el aire a gran altura en el desierto de Taratacar, en Chile? ¿Y el monstruoso Fuerte de Sacsehuaman de los Incas, cerca de Cuzco, Perú?

En fin, si fuéramos a mencionar todos los sitios de la Tierra donde se han encontrado objetos, dibujos, etc., de tamaños descomunales, se necesitarían muchos volúmenes para describirlos.

Es de conocimiento general que muchas personas alegan haber visto en el Tíbet, en las alturas de Chang-Tang, gigantescos monstruos denominados Yeti . Testigos oculares los describen así: Animal (?) gigantesco, de seis o nueve pies de altura, que emite un sonido semejante al maullido de un gatito recién nacido. Su cabeza aparenta no tener lóbulos frontales, sus dientes son largos, prominentes, con brazos y pies grandes, pesados, y camina al estilo de los humanos, o sea, sobre la parte exterior de los pies, y cuando se asusta se aleja dando unos saltos enormes.

Regresemos ahora al gigante de El Yunque en Puerto Rico. Los puertorriqueños llaman a esta monstruosa criatura Cangudrilo (supongo que le habrán dado este nombre

debido a los saltos que da cuando huye precipitadamente).
A continuación daré una relación de distintos hechos,
según testigos presenciales, y tal como se lo comunicaron
a la prensa.

En reportaje de unos de los rotativos que se editan
en idioma español en San Juan, Puerto Rico —sábado 9
de agosto de 1975— y bajo el titular: "El Cangudrilo de
Maunabo. Rastrean Area Buscándolo", aparece lo siguiente,
entre otras cosas: Que miembros de la Defensa Civil del
pueblo de Maunabo, dirigidos por su director y acompa-
ñados por varios policías, rastreaban el sector La Playa,
del barrio Emajagua, tratando de encontrar el paradero
del misterioso "personaje" que desde hace días está sembrando el terror en aquel sector". Que el misterioso
gigante, como de siete pies de altura, hace su aparición
en horas de la noche y toca a las puertas de las casas, y
que los vecinos le llaman Cangudrilo. También menciona el reportaje que muchos vecinos se han provisto
de machetes y otras armas para perseguir a la monstruosa
criatura.

En otro titular de la prensa —editada en idioma español—, y en primera plana (lunes 11 de agosto de 1975),
aparece lo siguiente: "Cangudrilo Obliga a Mudarse a
Vecinos Barrio de Maunabo". Entre otras cosas este reportaje relata (desde Maunabo, P.R.), que los temerosos
vecinos del sector La Playa, del barrio Emajagua, de Maunabo, creen que el monstruo pueda atacar y poner en
peligro sus vidas, y que debido a esto se marcharon del
lugar, estableciendo sus hogares a varios kilómetros del
mencionado sector. Que numerosísimos miembros, tanto
de la Policía, como de la Defensa Civil, perseguían de
día y de noche al misterioso gigante. El reportaje indica
que un vecino vio cuando el cangudrilo trató de entrar

en su casa, y armándose de un machete logró darle varios planazos al gigante, haciéndole huir, y que él, al igual que otros vecinos, habían optado por mudarse del lugar. Otros testigos, según el reportaje, describieron al cangudrilo como un monstruo de siete pies de altura, negro y con el cuerpo cubierto de pelos. El reportaje está acompañado de una fotografía donde aparecen un sargento y otro miembro de la Defensa Civil señalando hacia un punto entre las malezas por donde escapó el monstruo en la obscuridad de la noche.

Otro titular de la pensa —en español— (miércoles 13 de agosto de 1975): "Refuerzo Policíaco para Perseguir al Cangudrilo". Este reportaje señala que muchos vecinos de La Playa, del barrio Emajagua, han decidido mudarse del sector lo antes posible. Que a pesar de la vigilancia y persecución de los vecinos ayudados por la Defensa Civil y la Policía, el cangudrilo seguía apareciendo en horas de la madrugada tocando a las puertas de las casas y huyendo al ser atacado por las brigadas de persecución. Se señala también que otros vecinos aseguraban haber visto a la criatura gigante bajar de una loma conocida como la Loma Méndez Ñeco. Se menciona también que el director ejecutivo de la Federación de Policías, dijo que iba a sugerir se reforzase a las brigadas de la Policía para que se organizara una persecución más efectiva y se pudiese acabar con la historia del cangudrilo, recobrándose así la tranquilidad en aquel litoral.

Como se ha comprobado, en todas estas historias la fantasía no existe, y se trata de una positiva realidad. Sin lugar a dudas los cangudrilos no son duendes ni brujos, ni genios, son únicamente simples criaturas de gran tamaño que "existen".

Lo que más resalta es la inhumana reacción de algunos

terrícolas que, quizás debido al pánico, al encontrarse cerca de una de estas criaturas, actúan en una forma despiadada y brutal con ellas. Antes que nada —y bajo protección y vigilancia extrema—, se deben de hacer planes para tratar de saber por qué esos gigantes se atreven a tocar a las puertas de las casas. ¡Quién sabe qué clase de problemas confrontan que los obligan a salir de sus escondites y obrar en esa forma! Es de notar que ellos no actúan en forma belicosa, muy por el contrario, huyen al ser atacados.

La reacción de la ciudadanía puertorriqueña es muy similar a la desplegada por algunos norteamericanos continentales que se han enfrentado con extraños seres gigantes.

Sé que la mayoría de ustedes se preguntarán: ¿Ante extraños seres gigantes y en los Estados Unidos? ¡Un muy simple Sí es mi respuesta!

En octubre 6 de 1975, un reportaje impreso en un periódico de los Estados Unidos hace constar que un objeto volador no identificado (OVNI), se posó, o aparentó posarse sobre el terreno, en un área del Condado de Fayette, estado de Pennsylvania, y que de esa nave salieron criaturas gigantes, peludas, de siete a nueve pies de estatura, de color obscuro, caminando igual que lo hace el hombre. Con ojos grandes y rojos, un olor en el cuerpo muy ofensivo, tal como el que expiden los huevos podridos y emitiendo sonidos parecidos a los de un bebé humano cuando llora. Este reportaje señala que toda la información descrita provenía de la suministrada por "Pennsylvania Center for Ufo Research", Greensburg, Penn., USA. Añade el reportaje que quince personas son testigos oculares del aterrizaje —o aparente aterrizaje— del OVNI, que parecía, según ellos, como una enorme bola roja bajando del cielo. El color del OVNI cambió en forma misteriosa y se volvió como una cúpula totalmente blanca, y después de un minuto o dos vieron bajar del mismo a dos criaturas como de siete a ocho pies de altura. Se menciona también que un granjero y dos muchachos del área, armados con rifles, estaban cerca de los monstruos y uno de los muchachos se puso histérico y se fue corriendo del área. Luego, según el reportaje, el granjero disparó su rifle sobre las cabezas de los gigantes, pero éstos no le hicieron caso al disparo y siguieron caminando, por cierto, mucho más despacio. Entonces el granjero volvió a disparar, pero esta vez apuntando directamente hacia la cabeza del monstruo más alto. Tan pronto hizo el disparo, el monstruo respondió levantando su mano derecha en el aire, como si fuese una señal, pues tan pronto hizo ese gesto, el OVNI desapareció del terreno y los gigantes viraron, y caminando, se internaron en la espesura del bosque. Termina el reportaje describiendo que tanto el granjero como el muchacho se dirigieron a sus casas, llamaron a la policía informándoles de lo sucedido, y que la policía, a su vez, llamó al Pennsylvania Center for Ufo Research, en Greensburg, Penn., que está como a treinta millas de la ciudad de Pittsburg, Penn., comunicándoles el suceso.

Noten los lectores que el trato que le dio el granjero norteamericano a esos gigantes es muy similar (y en parte más severo), al trato que los puertorriqueños les dan a los cangudrilos en semejantes situaciones.

¿Es ésa, acaso, la mejor o única forma de darles la bienvenida a esos monstruos, sin saber siquiera el motivo de su visita? ¿O simplemente por dejarse ver de un terrícola? Repito, esos monstruos no dan señales de ser belicosos o feroces. El hombre, ante esta situación, fue el belicoso y el feroz.

Resalta también la similaridad en tamaño, facciones, comportamiento, etc., entre los yetis del Tíbet, los cangudrilos de Puerto Rico y los gigantes vistos en el Condado de Fayette, Penn. En fin, la existencia de estos seres gigantes está más que demostrada. A lo mejor son muchas las naciones donde han sido vistos estos seres monstruosos, pero debido a presiones de distintas índoles, se han visto obligadas a mantener silencio sobre cualquier información relacionada con seres gigantes observados en sus respectivos territorios. Pero por lo menos estamos ya seguros de la existencia de estos monstruos y, prácticamente, se hace imposible tratar de silenciar las bocas de los innumerables testigos que aseguran haber visto criaturas gigantes, tanto en el Tíbet, como en Estados Unidos, Puerto Rico, etc. Esto me recuerda una información de UPI, proveniente de Cádiz, España, el miércoles 18 de julio de 1973, donde entre otras cosas se mencionaba que la codirectora de la Asociación Investigadora del Antiguo Mediterráneo, de Encino, California, USA, anunció —el martes 12 de julio de 1973—, que restos de la Atlántida habían sido encontrados por buzos autónomos que descendieron en la bahía de Cádiz, frente a la costa meridional de España y hallaron rastros de carreteras y de grandes columnas con motivos concéntricos en espiral. Añade el parte de prensa que la señora Maxine Asher, la co-directora de la Asociación antes mencionada, dijo: "Este es, probablemente, el descubrimiento más importante de la historia mundial, e iniciará una nueva era de investigaciones antropológicas y arqueológicas, así como de la ciencia submarina".

Lectores, ¿han oído ustedes, o leído, alguna información adicional de este tópico después de haberse publicado este parte en la prensa? Hubo informaciones, pero en el sentido de que abruptamente les fue prohibido a los miembros de la Asociación Investigadora del Antiguo Mediterráneo de Encina, California, seguir buceando en el área y se les prohibió terminantemente también, subir a la superficie cualquier parte de los hallazgos arqueológicos encontrados en el fondo del mar. En otras palabras, se les puso "la traba", pues no les convenía a muchas entidades que se supiera la verdad.

Con las informaciones que se relacionan con la existencia de seres gigantes se sigue una política casi análoga, aunque no tan tenaz. En Radiofoto, de Prensa Asociada, desde Nueva York, con fecha viernes 9 de enero de 1976, aparece la fotografía de una enorme criatura peluda, y como calce de la misma aparece una columna con el siguiente ttular: "¿Mono o Humanoide?" Ahora citaré el resto de la columna: "Nueva York.—El abogado neoyorquino, Michael Miller ha provisto esta foto de una criatura llamada Oliver, que él compró en $8,000. El abogado dice que piensa someter la criatura a determinados exámenes para establecer si se trata de un simio o de un humanoide —de los que se dice son extraterrestres—, o la respuesta de América al abominable Hombre de la Nieve de Los Himalayas. (Radiofoto de Prensa Asociada)". Y así termina esa información periodística. Nótese que se guarda en silencio la procedencia de esa gigantesca criatura y que sólo se muestra su fotografía. Todo lo anterior también me trae a la mente la quema, en el año 1672 de numerosos manuscritos Mayas por el Obispo español Diego de Landa, así como que él mismo dejó "incompleto" el alfabeto, ideado por él, para que no se pudiesen leer los símbolos Mayas que se cree parecen contar los secretos de ese pueblo tan civilizado. Después de la conquista espa-

Esta es la criatura que ha recibido el nombre de "Oliver". Puede permanecer erecto con facilidad y así lo demuestra la foto que fue tomada durante la presentación del primate a la prensa neo-yorquina.

ñola de Yucatán no quedó una ciudad maya ni un templo maya entero. Así se les privó a las civilizaciones precedentes —incluyendo, por supuesto, la actual—, el saber de muchos secretos que, quizá, hubiesen podido haberle dado otro cariz a la Historia del Mundo.

Sin embargo, cada día aparecen testigos dando fe de haber visto ya cangudrilos, ya yetis o simplemente seres gigantes; así también, cada día se están descubriendo más hallazgos arqueológicos en distintas partes del globo que demuestran, y seguirán demostrando, que una vez en nuestro planeta existió el "supuesto continente perdido", la Atlántida, y que nada ni nadie podrá impedir en un futuro no muy lejano, el que se pueda dar fe de los descubrimientos que serán unos de los más importantes de la Historia de nuestro Globo.

Para mí, la Atlántida está íntimamente relacionada con seres gigantes, con el Triángulo de Bermuda, con los "tentáculos" de dicho Triángulo, y en especial, el de Puerto Rico. Los cangudrilos muy bien podrían ser remanentes de una raza de origen extra-terrestre que se remontan a la época Pre y Atlántica respectivamente.

¡Adelante autores y arqueólogos no convencionales!

Capítulo 4
"LA MAGIA DEL TENTACULO DE PUERTO RICO"

Es de madrugada, poco a poco comienzan en el este a surgir los destellos del sol naciente, pasan unos minutos y el solemne sol hace su presencia viendo, desde lo alto, cómo crece con su calor y su luz el dios Yukiyu, que es la tierra, es la montaña, es el Yunque, el Dios del Bien de los indios taínos de Puerto Rico. Hoy los espíritus de esos nobles indios recordarán cuando eran libres antes de la conquista española, cómo vivían unidos, amándose unos a otros en aquella tierra de frutas, de pájaros. Habían recibido a los españoles dándoles una bienvenida franca, amable, brindándoles su miel,   su casabe. Pero aquellos conquistadores asesinos lo único que querían era oro y más oro. Comenzaron a robarse a los indios libres para explotarlos con trabajos forzados en las minas, los cazaban con perros hambrientos, les quemaban los pies y las manos cuando no podían caminar más y se sentaban; se les azotaba hasta que desmayaran, y como castigo les cortaban las orejas, los quemaban vivos en las plazas por orden del gobernador conquistador. En diez años acabaron con casi todos los indios de la región del Caribe.

El sacerdote español, Fray Bartolomé de las Casas, en su muy famoso libro "*Destrucción de las Indias*", relata los horrores que vio en las Antillas cuando vino de la Madre Patria la gente a la conquista; prensenció marcar con hierro candente, en la carne viva, a los indios, como si fuesen reses; se los repartían como esclavos y los quemaban vivos en la hoguera por no ser cristianos.

Pero ya el sol está bien alto y estamos en el Siglo XX. El Yunque muestra todo su esplendor, sintiendo cómo se iluminaba y crecía lleno de gracia y nobleza y comienza a fiscalizar sus bellos bosques, sus barrancos, sus flores, sus helechos, así como los múltiples pájaros que alegran sus laderas y su cúspide, sus arroyos y los saltos de agua pura y cristalina. Y así, coronado de orquídeas salvajes, se yergue eminente, lleno de orgullo, al completarse el nacimiento de un nuevo día.

En cierto día del mes de julio de 1973 un matrimonio y sus hijos, residentes en un hogar situado en una de las secciones que componen el San Juan Metropolitano (P. R.), se disponen a partir hacia El Yunque con sus provisiones para disfrutar de un buen pasadías. Abordan el automóvil de la familia y parten con dirección hacia El Yunque. Entre los hijos que componen la familia hay uno con solamente siete años de edad, rubio y de ojos verdes, piel blanca y de una estatura alrededor de más o menos cuatro pies. Nuestra historia estará basada en este niño que hemos descrito. Después de haber corrido varias calles y arterias principales del área metropolitana, llegamos a la Avenida 65 de Infantería, con dirección este, hacia Fajardo, una ciudad, y en poco tiempo pasamos frente al hipódromo El Comandante, luego frente a la entrada del pueblo de Carolina, un poco más adelante a

Canóvanas y Río Grande, y después de correr unos minutos más, salimos de la Avenida dando un viraje en Palmer (Mameyes) hacia la derecha y precisamente en un camino que tiene un rótulo escrito donde se lee: "Hacia El Yunque". Inmediatamente se siente que el automóvil está rodando cuesta arriba, pues estamos bordeando las faldas de El Yunque. Una curva y más alto estamos, otra curva y otra y más alto estamos y ya vemos cómo la vegetación va cambiando. A la vista tenemos innumerables helechos frondosos y el aire, debido a la altura, es más fresco y más sutil. Llegamos arriba y nos dirigimos al área de aparcamientos de carros. Aparcamos, escogiendo el mejor sitio de los que quedaban disponibles, que están equipados con todo lo necesario para que una familia pueda disfrutar de un alegre pasadías. Las provisiones son cuidadosamente colocadas en su sitio y ya todo está arreglado. Los niños comenzaron a jugar. El niño de los cabellos rubios y ojos verdes, después de haber jugado un buen rato, ruega a sus padres que lo dejen, con el resto de sus hermanos, meterse en una charca formada por un arroyuelo que está bastante cerca del área. Los padres acceden a su ruego y el chico entra en la charca y disfruta del juego. De súbito sale del agua, descalzo y visitiendo solamente unos pantaloncitos color azul marino, desnudito su pecho, y se dirige hacia su madre, quejándose de un leve dolor en uno de los pies. La madre descubre una pequeña herida, una leve cortadura causada quizás por un pedacito de vidrio o una piedra filosa. Le curan su heridita y lo dejan descalzo y vestido solamente con sus pantaloncitos azules. Y continuó jugando. Después de un buen rato los padres deciden que ya es hora de almorzar y así lo hacen, tomando todos un descanso. Ya entrada la tarde los niños deciden ir a buscar flores por el área y se separan de sus padres. Unos van por un lado, otros más allá y el niño de los cabellos rubios y de ojos verdes se dirige hacia un arroyo que se ve a cierta distancia. Pasa el tiempo y comienzan a regresar los niños. Pero el chico rubio y de ojos verdes no regresa con ellos. Lo esperan un rato, luego los padres y el resto de la familia, al notar la tardanza, se despliegan por toda el área, pero nadie responde a sus llamadas. Comienza el pánico. De uno de los distintos grupos en pasadías un señor dice haber visto a un niño caminando por la carretera del área y hacia allá se dirigen todos buscándole sin cesar. Pasan unas horas y no logran encontrarle. Dan parte a las autoridades, éstas enseguida entran en acción, pero llega la noche, una noche larga y nace otro nuevo día en El Yunque. Están buscando al niño por todas partes miembros de la policía, de la Defensa Civil de San Juan y pueblos limítrofes, así como miembros de la Guardia Nacional unidos a innumerables paisanos voluntarios. Escudriñando cada pie cuadrado de una muy amplísima área de El Yunque, tanto de día como de noche, no se logra dar con el paradero del niño rubio de verdes ojos.

Durante muchos días se continuó la masiva búsqueda, pero todo fue en vano. Aquel niño desapareció misteriosamente y para siempre.

Anónimamente nadie ha hecho constar tener al niño bajo su custodia y nunca hubo reclamación de dinero por rescate, por lo que se descarta la posibilidad de secuestro. Simplemente el niño se desvaneció para siempre. El relato anterior no es ficción. Es una historia verdadera. No es ésta la primera vez en que desaparece un niño misteriosamente en El Yunque. En los últimos quince años (estoy escribiendo en el año 1976), han desaparecido en El Yunque o áreas adyacentes un total de cinco niños.

La primera desaparición, que se sepa (quizás hayan habido otras con anterioridad y no constan en records), ocurrió en el año 1961, pero no fue "trágica" después de dos días de incansable búsqueda fue encontrada una niña de nueve años, hija de un alto oficial de la Fuerza Aérea de los Estados Unidos destacado en una base aérea en el oeste de P. R., que estuvo perdida por espacio de veintiuna horas en los bosques de El Yunque.

En el verano del año 1965 una niña desapareció del área de pasadías de El Yunque y jamás se ha vuelto a saber de ella. La historia del niño rubio de ojos verdes sucedió en el año 1973. En el año 1974 la prensa puertorriqueña destacó en primera plana el "secuestro" de dos hermanos (un niño y una niña), que tuvo efecto mientras ambos caminaban por cierto sector de la playa de Luquillo, muy cercano a la falda de El Yunque. Dícese que hubo una petición de cierta cantidad de dinero como rescate, pero debido a un sinnúmero de incidentes en que estuvieron envueltos un conocido periódico local, abogados y autoridades, se alega que los secuestradores (o secuestrador) optaron por no seguir insistiendo en rescate alguno y se abrazaron al silencio. Desde entonces toda ha pasado a la historia, al misterio.

Con anterioridad hice constar de que mi historia giraría alrededor del niño rubio de los ojos verdes, y es debido a que si fuésemos a relatar todas estas conocidas desapariciones se necesitaría más de un libro para tantos relatos. Sobre el niño de cabellos rubios y ojos verdes, y para beneficio de aquellos lectores que hayan podido tener ciertas dudas sobre la veracidad de esa historia (o de las otras también), haré el siguiente recuento, tal como apareció publicado en idioma inglés en el rotativo *"The San Juan Star"*, que se publica diariamente en San Juan, de Puerto Rico.

Titular del *"The San Juan Star"* del día 27 de julio de 1973: "El Yunque is Searched for Boy 7", que traducido al vernáculo diría, más o menos: "Es Rastreado El Yunque en Busca de Niño de 7 Años". En esa columna, entre otras cosas, se hace constar que: "Como 70 miembros de la Defensa Civil continuaban afanosamente buscando entre la tupida maleza de El Yunque al niño de siete años que desapareció el miércoles (25 de julio de 1973), mientras disfrutaba de un pasadías con su famiila".

Continúa el despacho de prensa: "El niño (aquí, a continuación le mencionan por su nombre y dan su dirección residencial), había salido a recoger flores con su mamá, pero se separó de ella como a las tres y media de la tarde." Continúa el artículo: "Su mamá (la mencionan por su nombre), reunió a los otros miembros de la familia y comenzaron a buscar al niño." Cuando no pudo ser encontrado, dice el columnista: "Entonces se dio parte a la policía de lo sucedido." Continúa el artículo: "La policía de Río Grande registró el área el miércoles por la noche, sin ningún resultado y notificó lo sucedido pidiendo ayuda a la Defensa Civil. Alrededor de 50 trabajadores de la Defensa Civil de San Juan, Fajardo y Río Grande se unieron a la búsqueda el jueves, pero no encontraron ningún rastro del niño, según parte policíaco." Continúa el artículo: "La policía informó que el niño, en el momento de desaparecer estaba vestido con pantalones largos, color azul marino, los pies descalzos y no tenía ninguna vestidura de la cintura para arriba."

El artículo continúa mencionando el nombre del niño en diminutivo, tal como la mamá usualmente llamaba a su hijito perdido. "En entrevista telefónica el jueves por la noche" (continúa el parte de prensa) "la madre explicó que probablemente el niño estuviese caminando un poco cojo, debido a una cortada que se hizo en uno de sus pies mientras jugaba en una charca cercana", luego añadió:

Salto de agua cristalina en la quebrada "la Sonadora" en el Yunque, Sección de "El Verde", Sierra de Luquillo, Puerto Rico.

"Por favor, publiquen el número de mi teléfono (aparece el número publicado)".

El artículo en cuestión sigue explicando lo extremadamente dificultoso que se hizo la búsqueda, debido a la cantidad de lluvia que había caído durante el día y a lo muy tupido del bosque. Cita también el artículo a un miembro de la Defensa Civil diciendo que tienen un gran contingente para que la búsqueda continúe a través de la noche entre miembros de la Defensa Civil y de la Policía. Se menciona, además, que hacía doce años que una niña, hija de un Mayor de una base aérea en P. R., de nueve años de edad y rubia, estuvo perdida en El Yunque en el año 1961 por espacio de veintiuna horas, y que al ser encontrada, el día 16 de junio de 1961, entrada ya la mañana, le dio la bienvenida al grupo que la buscaba con una amplia sonrisa y preguntando: "¿Me están buscando?" Así termina el artículo de prensa.

El día 28 de julio de 1973 apareció en *"The San Juan Star"*, en primera plana, lo siguiente: "Hope is Fading of Finding Boy", traducido, "Se Desvanecen las Esperanzas de Encontrar al Niño Perdido". Narra el artículo: "Las esperanzas estaban desvaneciéndose el viernes durante la búsqueda del niño perdido en El Yunque, después de un rastreo entre los tupidos bosques por tres días consecutivos y sin encontrar rastro alguno, por policías, personal de la Defensa Civil y del Servicio Federal de Bosques." Este artículo menciona también que quince hombres, provenientes de una estación naval situada cercana a El Yunque, estaban asignados a un patrullaje con el fin de encontrar al niño perdido, y que comprendía una carretera que estaba como a dos millas de distancia desde el sitio donde se cree que desapareció el niño. Uno de los buscadores, con la ayuda de su perro Labrador, dijo que era muy difícil que el perro pudiese rastrear al niño, debido al hecho de no estar éste

Vista de una de las muchas quebradas que atraviesan los tupidos bosques del Yunque, Sierra de Luquillo, Puerto Rico.

completamente vestido cuando desapareció, además de estar descalzo. El artículo finaliza haciendo constar que numerosos amigos y vecinos de los padres de la víctima se habían unido el viernes al contingente de buscadores.

"Boy's Trousers Found During El Yunque Search" ("Los Pantalones del Niño Aparecen Durante la Búsqueda en El Yunque"). Este es el encabezamiento de una de las noticias que apareció en la página número tres del "The San Juan Star" en su publicación correspondiente al día 29 de julio de 1973. El artículo, entre otras cosas, hace constar: "Pedazos de ropa ensangrentada, encontrados en los alrededores de un arroyo en El Yunque, hicieron revivir las esperanzas de que el pequeño niño perdido pudiera ser encontrado. Pero —continúa el reportaje—, el cuarto día consecutivo de la masiva búsqueda del niño terminó sin ser éste encontrado." El artículo sigue así: "El padre de la criatura perdida identificó, al principio, los desgarrados pedazos de tela encontrados como partes de los pantaloncitos que llevaba el niño el día que desapareció, pero más tarde comenzó a dudar y afirmó no estar seguro si esos pedazos de ropa eran o no parte de la vestimenta que tenía su hijito." "Los pantalones —sigue el artículo—, que estaban desgarrados en dos partes, fueron hallados en dos lugares diferentes al borde del arroyo La Mina, que baja la pendiente formando un sinnúmero de pequeñas cascadas, y el niño, la última vez que fue visto por su mamá, estaba muy lejos del sitio donde fueron encontrados los pedazos de ropa y que las huellas de pies podrían ser las de algún niño que pudo haber estado cerca del sitio donde fueron encontrados los pedazos de ropa, indicaban que seguían hacia un lugar más alto, pero accidentalmente estas huellas fueron borradas por uno de los grupos de buscadores antes de que la Policía las pudiera haber examinado." "Estas fueron las primeras indicaciones (continúa el artículo), desde que comenzó la afanosa búsqueda, indicadoras de que el niño prefirió quedarse en el bosque en vez de caminar hacia la carretera, contrario a lo que muchas personas habían hecho constar." Sigue el reportaje: "Un hombre que había dicho haber visto un niño el miércoles, con las mismas señas físicas correspondientes a las del niño perdido, fue interrogado por la Policía el sábado. Mientras tanto (sigue el artículo), dos miembros del grupo de buscadores se perdieron el sábado por la tarde en la muy tupida maleza y tuvieron que quedarse en el bosque toda la noche. Al ser encontrados los enviaron a sus hogares respectivos en el área metropolitana, después de haber recibido auxilios de primera ayuda, debido a cortaduras y magullones." También el artículo menciona a un señor, de los que componían el grupo de buscadores, que tuvo que ser hospitalizado a causa de una caída, por presentar síntomas de parálisis parcial en sus pies, por lo que se sospechaba que podría estar sufriendo alguna lesión en la espina dorsal. El artículo termina diciendo que el asistente del Director de la Defensa Civil de San Juan indicó que la búsqueda continuaría hoy, pero que no había indicaciones por cuánto tiempo se prolongaría, en caso de no ser encontrado, la búsqueda del niño.

Así, patética y misteriosamente, desapareció para siempre el niño de los ojos verdes y cabellos rubios. Aquellos lectores interesados pueden solicitar en las bibliotecas el ejemplar del periódico *"The San Juan Star"* que se publicó el día 30 de julio de 1973 y leer la columna encabezada así: "Officials Losing Hope of Finding Youngster", en español: "Autoridades Pierden las Esperanzas de Encontrar al Jovencito".

Cinco inocentes criaturas se han desvanecido para siempre en El Yunque y en áreas adyacentes en los últimos quince años.

La montaña El Yunque, vista desde el barrio Guzmán Arriba, Río Grande, Puerto Rico.

La cualidad más destacada del Triángulo de Bermuda es hacer desaparecer, sin dejar rastro, y esto se ha hecho evidente en el Monte Sagrado de los indios Taínos, en Yuquiyu, El Yunque, y a través de su Tentáculo de Puerto Rico. ¿Cómo se llevan a cabo estas patéticas desapariciones? ¿Acaso están relacionadas las mismas con los cangudrilos?

Hay de cierto, lo siguiente: Que existen los cangudrilos y que han ocurrido, que se sepan, cinco desapariciones misteriosas de niños en El Yunque y áreas adyacentes en los últimos quince años.

Después de haberse terminado de escribir este libro, apareció en el periódico *"El Vocero"*, de San Juan, Puerto Rico, Vol. 2, Núm. 613 (úsense esos datos para fines de Bibliografía y/o Referencias), de fecha martes 2 de marzo de 1976, en la página once del mismo, la columna del corresponsal, Sr. Peter Rivera, desde Naguabo, P. R., con el siguiente titular: "Desaparecen dos Marinos en El Yunque".

Entre otras cosas, el corresponsal, Sr. Rivera, describe —en su columna—, que (lo cito parcialmente): "Dos marinos, oriundos de los Estados Unidos continentales, asignados a una base naval en Puerto Rico, están reportados como desaparecidos en la montaña "El Yunque" desde anteayer, según informó la Policía." (Se cierra la cita).

De no aparecer estos dos infortunados marinos (adultos), dentro de un término de tiempo bastante razonable, dejaré el comentario pertinente a la discreción de ustedes, lectores, y después que ustedes hayan, llegado también a sus propias conclusiones respecto al particular.

Ahora permítaseme una breve digresión. En el comienzo del capítulo número dos de este libro, mencioné la existencia de Ulthima Thule, y recuerden que les relaté que era el centro mágico de una civilización "desaparecida".

También mencioné Shamballah y Agarthy, estos dos últimos se creen sean campamentos situados en el profundo subsuelo de los Montes Himalayos, donde se producían, en el primero (Shamballah), fuerzas de violencia y de poder que controlaban a la Humanidad, y en el último (Agarthy), se practicaba el bien y la meditación. (En Checoslovaquia se asegura que Adolfo Hitler practicaba la Magia Negra, que era clarivedente, y que él hablaba de Ulthima Thule, de Shamballah y de Agarthy).

Ahora voy a decirles donde aseguran las fuentes conocedoras que está localizada Ulthima Thule (*Ultima Tierra*), el centro mágico de una civilización que se considera perdida (?)

Se cree que está situada en un área en la Antártica, y que es una isla "más allá" de las islas South Shetland (posesión británica), en el Paso de Drake, entre la Tierra del Fuego, en Sur América y la Antártica, y entre los mares de Weddell y Bellingshausen.

En Ulthima Thule hay un gran centro mágico donde se domina la Anti-Materia, que es donde la gente puede "pasar" a otra dimensión, al "Mundo de la Anti-Materia". Dícese que el Almirantazgo inglés conoce de desapariciones de buques, con sus tripulaciones completas, ocurridas en las inmediaciones de Ulthima Thule.

Supongo que el lector se habrá hecho la siguiente pregunta: ¿Qué tienen que ver Shamballah, Agarthy y Ulthima Thule con las desapariciones ocurridas en El Yunque o con la presencia en este último de gigantes criaturas? Categóricamente contesto a esa pregunta diciéndoles que hay una relación bastante estrecha entre El Yunque (en Puerto Rico), Ulthima Thule (en la Antártica) y Shamballah y Agarthy (en lo profundo de los Himalayas). Esta relación abarca también al Triángulo de Bermuda y al célebre relámpago del Catatumbo, en Venezuela.

Veamos y analicemos:

¿Recuerdan ustedes mi relato en el capítulo dos concerniente a los satélites de la National Oceanographic and Atmosphere Administration (NOAA), y de cómo eran interferidos al llegar·a cierta área al "Sur de Nueva York"? Piensen ahora en esas interferencias y a la vez en el Relámpago del Catatumbo y en Ulthima Thule. ¿Notan alguna conexión entre sí? ¿No?

Se la voy a señalar. (Véase la Figura N° VIII). Nótese que el meridiano (aproximadamente ,más o menos) 71½ ° (longitud oeste de Greenwich) cruza, casi exactamente, Ulthima Thule (La Ultima Tierra), en la región Antártica, el Triángulo de Bermuda y también el área antes descripta como "al sur de Nueva York". También este meridiano cruza casi exactamente por el misterioso relámpago del Catatumbo, en el Lago Maracaibo, de Venezuela, y recuerden que los satélites de la NOAA vuelan en órbitas polares (en la misma dirección de los meridianos). Nótese también que el meridiano 71½ ° cruza una gran parte del Perú, donde el famoso autor, Erich Von Däniken, relata los últimos descubrimientos de una larguísima red de túneles, donde se demuestra que fueron hechos y usados por razas con un grado de civilización avanzadísimo, y donde mucho, pero mucho después, existieron los Incas.

Así es que, como verán, el meridiano (aproximadamente) 71½ °, al oeste de Greenwich, en su ruta de sur a norte, cruza desde Ulthima Thule, en la Antártica, a través de Perú, el Lago de Maracaibo, en Venezuela, el Mar Caribe, la isla Hispaniola (Haití y Santo Domingo), el Triángulo de Bermuda, la ya mencionada área "al sur de Nueva York", parte del Canadá y las islas de Baffin y Ellesmere, antes de "cortar" el Polo Norte. Sin lugar a dudas las misteriosas fuerzas que se hacen notar en todas estas áreas tienen su línea de fuerza en la misma dirección del meridiano 71½° al oeste de Greenwich. Estas fuerzas muy bien podrían ser originadas en Ulthima Thule y "recogidas" en algún área del Triángulo de Bermuda para usarse de nuevo a "discreción" (como pudieron haber sido usadas en eras inmemorables en el Perú y desde los túneles secretos señaladaos por el autor Von Däniken). Criaturas superdotadas (Gigantes) fueron las responsables, y quizá aún lo son, de la producción y manejo de esas fuerzas misteriosas que han tenido efectos —y por mencionar solamente unos pocos—, en Ulthima Thule, en Tiahuanaco, en Nazca, en el Catatumbo, en el Mar Caribe (el Porta Noca, el Freya, el desastre de Martinica), en El Yunque, en el Triángulo de Bermuda y áreas adyacentes (a través de los Tentáculos), etc., etc.

La próxima pregunta, automática, de los amables lectores es, sin lugar a dudas, la siguiente: ¿Y cómo conecta usted los campamentos en el subsuelo de los Montes Himalayas, en el Tíbet, Asia, con Ulthima Thule, en la Antártica, y con el Triángulo de Bermuda, en el Atlántico del Norte, si los meridianos que cruzan estas localidades están tan distanciados entre sí?

¡Ah!... ahora no trataremos con los meridianos, en su lugar vamos a usar a los Paralelos, y muy en especial al paralelo (latitud) 30°, al norte del Ecuador. (Véase la Figura VIII de nuevo).

¿Es acaso una mera coincidencia que este paralelo cruce precisamente en el área del Triángulo de Bermuda al meridiano 71½°? ¿Es acaso mera coincidencia también que el paralelo 30° pase exactamente por los Montes Himalayos, permitiendo así que se "encuentren" y se "crucen" en el Triángulo de Bermuda las fuerzas que emiten Ulthima Thule, Shaballah y Agarthy? ¿Es coincidencia, acaso, que el buque "Freya" se encontrase precisamente en el área por donde cruza el meridiano 71½°, el día en que desapareció para siempre su tripulación? Las coincidencias son mucho más de una. Es más, nótense otras "coincidencias" que a continuación detallo:

Es muy *peculiar* que el paralelo 30° (latitud norte del Ecuador), atraviese los siguientes lugares: Giza (Cairo) Egipto, sitio donde están las descomunales Pirámides, cuyos misterios son mundialmente conocidos, Afghanistán, el único país desde donde se tienen noticias de que hayan desaparecido aviones en vuelo sobre tierra sin dejar rastro; Lhasa, en el Tíbet, la gran capital mística tan añorada por el escritor Martes Lobsang Rampa; los Montes Himalayos (donde están Shamballad y Agarthy). Es de notarse también que este paralelo, después de cruzar el vasto Océano Pacífico, entra en América precisamente por un área en la Baja California donde descomunales fuerzas están "abriendo", en la actualidad, el Golfo de California, y al mismo tiempo actuando sobre las Fallas Californianas (San Andrés, etc.). El paralelo, a través de los Estados Unidos, pasa por las cercanías de Nueva Orleans y de Jacksonville (Florida), penetrando en el Triángulo de Bermuda precisamente donde toma "contacto" con las aguas del Océano Atlántico y "cruzándose" en el Triángulo con el meridiano 71½° al oeste de Greenwich. Hice hincapié anteriormente en que son muchas las "coincidencias" enumeradas. ¿Basándose en qué argumento (o argumentos) se podría echar abajo mi teoría sobre los Tentáculos del Triángulo, o del Relámpago del Catatumbo, o de El Yunque, o del área "al sur de Nueva York"?, etc., etc.

El meridiano, aproximadamente correspondiente al 71½° longitud oeste de Greenwich y el Paralelo (latitud) 30° norte del Ecuador, no son, por supuesto, los "responsables" de la "producción" de fuerzas misteriosas. Pero sí es muy notorio que las líneas de fuerzas creadas en Ulthima Thule, Shamballah y Agarthy, sigan las "direcciones" del meridiano y del paralelo en cuestión.

En el Triángulo de Bermuda son "recogidas" y "almacenadas" estas fuerzas, y se "distribuyen" a través del Triángulo mismo o de sus Tentáculos. Se rumorea que Einstein desarrolló una teoría denominada "Campo Unificado", que comprende tópicos concernientes a la cuarta dimensión.

A través de la historia han ocurrido muchas desapariciones súbitas en distintas partes del planeta. Estas personas u objetos desaparecidos han "ido" a la cuarta dimensión, o sea, al mundo de la anti-materia, se han "ido" o "han sido llevados" a la cuarta dimensión a través de un "hueco" en el tiempo. Al atravesar ese "hueco" en el tiempo, se encuentran de súbito a miles de años luz en el futuro. Han pasado de lo tridimensional a la anti-materia, "más allá" del Tiempo y del Espacio.

Muchos de los lectores deben haber oído hablar sobre teleportación, donde objetos pasan de un sitio cerrado a otro sitio cerrado también. Sobre este tópico han tenido lugar numerosos experimentos. El vulgo en general considera estos hechos como "misteriosos", pero en realidad es sólo conocimiento para los entendidos en la materia.

Sé que la mayoría de ustedes, amigos lectores, no pueden concebir que pueda existir un "hueco" en el tiempo y que a través del mismo se pueda pasar de lo tridimensional a otras dimensiones. Sin embargo, para muchas personas todo eso no es más que una simpre realidad.

La Psycoquinesis trata de la acción de la mente a distancia. El Dr. H. Burr, en el año 1935, estableció que la materia viviente, ya sea una semilla, un pez o un humano, etc., está envuelta y controlada por campos electrodinámicos. Más tarde el Dr. L. Ravitz descubrió que la mente

puede influenciar las fuerzas de esos campos electrodinámicos y hacerlos "radiar" a distancia. Se rumorea que
hoy en día los científicos rusos tienen hasta un método que
les permiten fotografiar esos campos electrodinámicos actuando a distancia.

El muy renombrado astrofísico ruso, Dr. N. Kozyrev,
ha hecho profundos estudios sobre el "Tiempo", y asegura
que el Tiempo es una forma de energía. Es más, dice también que se deben estudiar todas las propiedades de esta
energía con el solo propósito de encontrar las causas que
mantienen lo que llamamos "Vida" en este mundo. El
Dr. Kozyrev asegura —y dice que lo puede demostrar—,
que el Tiempo tiene Densidad y una muy definida "dirección de movimiento". Es más, asegura este gran astrofísico que en un sistema de rotación izquierdo, el flujo
del Tiempo es positivo y añade energía, y que en un sistema
de rotación derecho, el flujo es negativo.

Opina también el Dr. Kozyrev que nuestro mundo es
un sistema rotativo izquierdo, y que posee un "flujo" de
Tiempo positivo, lo que le permite añadir energía a nuestro
Universo. Añade el Dr. Kozyrev que los cambios de densi-
dades en el Tiempo no tienen relación alguna con campos
de fuerzas; también revela este gran científico ruso que
cuando se pueda manejar la densidad del Tiempo a volun-
tad se podría a la vez hacer Telepatía cuando quisiéramos.

Podría seguir ahondando sobre este tema "Tiempo",
pero no es éste precisamente nuestro tópico primordial.

Los cangudrilos de El Yunque muy bien podrían ser
remanentes de una raza privilegiada. Eran "personas" diferentes, en cierto sentido, al hombre actual. Eran más inteligentes, más civilizados y más altos que los hombres de
hoy y venían, según viejísimas leyendas orientales, de pla-
netas lejanos, mucho más allá de este Universo, para colo-
nizar a la Tierra. Son ellos los seres gigantes que vinieron

en los vehículos llamados "Carros de los Dioses", eran ellos —y todavía lo son—, los inspectores que fiscalizaban a los habitantes inferiores de la Tierra. Son aquéllos a quienes la Biblia menciona como "los hijos de los Dioses que se llegaron a las hijas de los hombres y ellas les dieron hijos". Es muy posible que ya estos "Dioses Gigantes" tuviesen el dominio completo de la "Energía Tiempo" y de las Dimensiones.

Los hombres de la Tierra abusaron de las bondades de los "Dioses Gigantes" y conspiraron para matarlos. Los "Dioses Gigantes", al enterarse de la conspiración, expulsaron a los "hombres terrícolas" de muchos sitios del planeta, al ver que sólo eran un manojo de falso orgullo, de codicia y de pensamientos malignos.

Hoy en día se advierte la presencia de esos inspectores-fiscales cada vez que en la Tierra ha sido visto un OVNI. ¿Será que somos todavía manojos de falso orgullo. . ., de codicia. . ., de pensamientos malignos? La mayoría de los pobladores de la Tierra fueron destruidos por múltiples catástrofes, pero siempre hubo supervivientes que se salvaron y se cobijaron en lugares montañosos, viviendo hoy en día quizás de sus recuerdos, como los cangudrilos de Puerto Rico y viendo a la vez cómo el hombre sigue siendo orgulloso, rebelde y sembrador de odios, de discordias, de racismo, de guerras y de ignorancia.

Creo que todavía están funcionando las actividades provenientes de Ulthima Thule, Shamballah y Agarthy, y sus resultados son las muchas desapariciones ocurridas en el Triángulo de Bermuda y en las áreas que abarcan sus Tentáculos.

En la revista *"Cosmopolitan"* (en español, edición para Puerto Rico), Año 4, Nº 3, marzo, 1976, aparece un interesantísimo reportaje, escrito por el Sr. Eduardo Leyva, titulado "La Atlántida Surge del Fondo del Mar", donde se hace constar, entre otras muchas cosas, la posibilidad de que en el fondo del mar, en el área del Triángulo de Bermuda, pudiera encontrarse un cristal con una carga de energía capaz de causar los desastres que ocurren en esa área, y que esa carga energética podría ser de tipo electro-magnético, relacionada con las que se despliegan en los fenómenos de percepción extra sensorial (ESP).

¿Cómo asociaría usted, lector, a Shamballah, Ulthima Thule y Agarthy, con la energía impregnada en esos cris-tales?

Es muy posible —de existir esos cristales— que no se encuentren precisamente en la zona del Triángulo de Ber-muda y sí en alguno de los sitios "místicos" antes mencio-nados, con un centro de "distribución" localizado en algún punto en el área del Triángulo.

(NOTA: El reportaje arriba mencionado apareció des-pués de haberse terminado de escribir este libro.)

Es muy posible, basado en todo lo anteriormente ex-puesto, que los niños desaparecidos en El Yunque en los últimos quince años hayan "pasado" o "sido llevados" a través de la "puerta" ("hueco") del Tiempo, que conduce de la tercera dimensión a la cuarta, al mundo de la anti-materia, más allá del Tiempo, más allá del Espacio. A lo mejor han sido escogidos para enseñarles a ser futuros ins-pectores-fiscales de la población terrícola.

Para terminar este libro, es necesario que haga la siguiente aclaración a los lectores:

No temáis venir a Puerto Rico. Al contrario, visitad esta tierra, que es un paraíso turístico con un clima exce-lentísimo, pues la temperatura promedia anual es de 76° Fahrenheit. El promedio en la zona montañosa es entre 66° y 76° Fahrenheit, y en la costa norte la temperatura oscila entre 70° y 80° Fahrenheit. No temáis a los cangudrilos, pues ellos han demostrado ser indefensos, no belicosos, y además, no salen de día.

No temáis a las desapariciones, pues éstas ocurren y pueden ocurrir en cualquier parte de nuestro planeta.

Nótese que mientras más libros se publican sobre las desapariciones ocurridas en el Triángulo de Bermuda, más excursiones turísticas, marinas y aéreas, hay atravesando, en la actualidad, esa zona, así como la del Mar Caribe.

Para aquellos que son amantes de las aventuras o que han ansiado toda su vida poder ver alguna vez un Yeti, creo que debe ser muy alentador el saber que no es necesario tener que viajar hacia el Lejano Oriente (Tíbet) para tratar de tomar contacto con algún Yeti. Basta sólo un viaje a Puerto Rico, y sin tener que internarse en áreas desoladas o de alturas inmensas con nieves perpetuas, poder disfrutar de un área poblada y civilizada con temperatura tropical agradable, sabiendo que hay la potencial posibilidad de poder ver a uno de esos gigantes, así como también de mezclarse con personas que positivamente han visto a estas criaturas y poderles hacer toda clase de preguntas relacionadas con las mismas. Y lo más importante, no tendrían que invertir grandes sumas de dinero para costearse el viaje, solamente tendrían que poner en sus bolsillos lo que el turista regular acostumbra traer metálicamente para pasar unos días disfrutando de las dulzuras de unas quizá bien merecidas vacaciones y a sólo poquísimas horas de vuelo.

BIBLIOGRAFIA Y REFERENCIAS

—Adi-Kent Thomas Jeffrey. *"The Bermuda Triangle"*. New York. Warner Paperback Library, 1975.

—Erich von Däniken. *"Chariots of the Gods"*. New York. G. P. Putnam's Sons (Bantam). 1974.

—Erich von Däniken. *"The Gold of the Gods"*. New York. G. P. Putnam's Sons (Bantam). 1974.

—Rodolfo Benavides. *"Dramáticas Profecías de la Gran Pirámide"*. Ciudad de México. Editores Mexicanos Unidos, S.A., 1974.

—José Luis Vivas. *"Historia de Puerto Rico"*. New York. Las Américas Publishing Co., 1962.

—Lobsang Rampa. *"El Camino de la Vida"*. Buenos Aires, Argentina. Editorial Troquel, S.A., 1971.

—Edmons Allen. *"Roman Holiday Cruise News"*. New York. Ocean Press (UPI) ((SS. "Carla C"), 1973.

—Aurelio Pérez Martínez. *"Conociendo a Borinquen"*. San Juan, P. R. Cultural Puertorriqueña, Inc., 1971.

—Samuel W. Mattews. *"This Changing Earth"*. Washington, D.C. National Geographic Magazine. National Geographic Society. (Vol. 143, N° 1, 1972), January 1973.

—Sheila Ostrander and Lynn Schroeder. *"Psych Discoveries Behind the Iron Curtain"*. New York. Bantam Books, Inc. (Prentice-Hall, Inc.) 9th Printing, August, 1973.

—José Martí. *"La Edad de Oro"*. Editorial Huemol, S.A. Buenos Aires, Argentina. Segunda Edición. 1966.

—Martin Ebon. *"The Ridle of the Bermuda Triangle"*. New York. Lombard Associates, Inc., 1975.

—Newspaper *"The San Juan Star"*. Column by Thomas Dorney (of The Star Staff). San Juan, P. R., july 27, 1973.

—Newspaper *"The San Juan Star"*. Column by Efrain Parrilla (of The Star Staff). San Juan, P. R., july 28th, 1973.

—Newspaper *"The San Juan Star"*. Column by Efrain Parrilla (of The Star Staff). San Juan, P. R., july 29th, 1973.

—Newspaper *"The San Juan Star"*. Column by Carmen M. García (of The Star Staff). San Juan, P. R., july 30th, 1973.

—Periódico *"El Vocero"*. Corresponsal, Ramón Arroyo, hijo. Sábado 9 de agosto, 1975, San Juan, P. R.

—Periódico *"El Vocero"*. Corresponsal Peter Rivera. Lunes 11 de agosto, 1975. San Juan, P. R .

—Periódico *"El Vocero"*. Corresponsal Ramón Arroyo Jr. Miércoles 13 de agosto, 1975. San Juan, P. R.

—Newspaper *"Midnight"*. Column by Malcolm Abrams (Midnight Staff Writer). Vol. 22, N° 14, October 6, 1975. Midnight Publishing Corp., Montreal, Canada. (Central Office, Chicago, Ill. USA).

SOBRE EL AUTOR

El Dr. Enrique B. Avilés, D. C., es ciudadano de los Estados Unidos de América, nacido en la ciudad de Holguín, Cuba.

Graduado del *"Columbia Institute of Chiropractic"*, en la ciudad de New York, N.Y., USA, en el año 1959.